PARIS
À VUE D'ŒIL

Henri Cartier-Bresson

PARIS
À VUE D'ŒIL

avec des textes de
Vera Feyder
et André Pieyre de Mandiargues

Éditions du Seuil

Authorized French paperback edition of the Work
Henri Cartier-Bresson: À propos de Paris, published by Schirmer/Mosel

ISBN 978-2-7578-2789-5

Pour les photographies : © by Fondation Henri Cartier-Bresson, 1994
Pour le texte : © Vera Feyder et André Pieyre de Mandiargues, 1984

Édition originale : © Schirmer/Mosel Verlag GmbH, Munich, 1994

© Points, 2013, pour la présente édition

Avant-propos   9
Henri Cartier-Bresson

Vues imprenables sur Henri Cartier-Bresson   11
Vera Feyder

Paris à vue d'œil   17
Henri Cartier-Bresson

Notre Paris   245
André Pieyre de Mandiargues

Table des photographies   249

Remerciements   255

L'idée de ce livre revient à l'éditeur Lothar Schirmer. Elle a pour origine le catalogue du musée Carnavalet publié en novembre 1984 à l'occasion de l'exposition « Paris à vue d'œil ».

Ce catalogue, épuisé depuis longtemps, avait été mis en pages par Maurice Coriat, qui, pour ce nouveau projet, s'est replongé dans mes archives. Il en a retiré un grand nombre d'images inédites, qui viennent s'allier à celles déjà publiées. Maurice Coriat avait mis tout cela en pages, trouvant le juste rythme.

Pour ce *Paris à vue d'œil*, j'ai tenu à ce que soient publiés intégralement les textes d'André Pieyre de Mandiargues et de Vera Feyder écrits pour le catalogue de l'exposition de Carnavalet.

Il m'a semblé indispensable de donner une date approximative à chaque image, afin de la replacer dans le contexte de son époque. Mais ce livre n'est en rien une étude sociologique sur le Paris *intra muros* et l'immense région parisienne, qui n'y figure pas. L'important était ailleurs, la flânerie requérant une totale disponibilité du regard.

Henri Cartier-Bresson

Vues imprenables
sur Henri Cartier-Bresson
Vera Feyder

L'obéissance n'a jamais été son fort.

Ni l'ordre établi, ni le désordre organisé. Et aux premiers mots d'ordre familiaux ou sociaux, il n'a sans doute jamais répondu qu'en faisant la sourde oreille : ce qui est bien le plus sûr moyen de n'en faire qu'à sa tête, sans trop offusquer celle des autres.

Sans doute, enfant déjà, devait-il dire ce que disent tous les enfants à la face du monde où ils sont mis, très tôt, au défi d'entrer : « Vous allez voir ce que vous allez voir… » mais, comme il partait alors nez au vent des hasards, rien dans les mains, tout dans le rêve et ne suivant que lui, il revenait, et on ne voyait rien, rien qu'un peu de ce vent vif, dont aujourd'hui encore il a gardé aux yeux les premiers picotements – la chambre noire du cœur révélateur n'ouvrirait que plus tard, beaucoup plus tard, ses portes de l'intérieur.

Ne disait-il pas aussi, à ceux qui le pressaient alors de rester, de s'établir, de *voir venir* sur place : « Un jour, j'irai… » ? Et ce jour-là, quand il est arrivé, il s'est sans doute levé tôt avec lui, et il est parti seul, à demi éveillé, à l'heure où les pèlerins et les fuyards se mettent en route vers leur salut.

Avec la foi des uns, qui déplace les montagnes, et la mobilité des autres qui permet de les suivre, la liberté, dès lors, sera à lui, par tous les chemins qu'il voudra bien s'y frayer, et à condition qu'elle lui tienne toujours lieu de guide, dans cette course débridée à travers champs optiques et aventureux que seront ses impromptus et trépidants vagabondages, en terres plus souvent incertaines que promises, plus humaines que touristiques.

C'est que l'homme, partout, vaut le détour, quels que soient la grandeur et le nombre d'étoiles suspendues sur sa tête comme des joyaux éparpillés d'une couronne, rappelant qu'en tout lieu, sur terre, il est roi, et qu'en ce monde nul n'est tenu de décliner son identité, ni sa position géographique ou sociale, pour avoir sous toutes les latitudes et sous tous les climats, droit de cité, droit de regard.

Sans doute était-ce déjà le temps où, à Paris, en croquant ses premiers nus, il rêvait silencieux aux douces baigneuses de Bonnard ; et en tournant, circonspect, autour de quelques pommes (dont sa Normandie natale regorge), était-ce au bleu Cézanne qu'il mordait en secret. À chacun sa maraude ! Mais la double impatience de vivre vite, et d'arriver plus vite encore au bout du tableau qu'il veut peindre, est trop grande, et, puisqu'il ne tient plus en place, il la quitte. Et comme il a déjà quitté l'école, il quitte l'Académie André-Lhote, pour se rallier au panache volatil des gares où fument les trains en partance, et, heureux tel le *poisson soluble* dans les eaux surréalistes où il a fait quelques plongeons, il disparaît dans la nature – qu'il a croquée morte bien des fois, et qu'il préfère, tout compte fait (et vite fait quand on est jeune et vif), bien vivante, dût-elle vous en faire voir de toutes les couleurs.

Il verra donc, noir et blanc, noir sur blanc, faisant provisoirement la peinture buissonnière, en coupant au plus court par l'image qui, elle, n'y va pas par quatre chemins pour dire ce qu'elle a à dire.

Ce qu'elle dira, les premières années, passera par des paysages familiers et déjà conquis, baignés par l'Eure, la Loire, la Seine ; de plus lointains, d'outre-mer, d'outre-Atlantique : la Côte d'Ivoire et la rivière Cavali, New York et l'Hudson, les rios Balsas et Grande au Mexique, l'Ebre en Espagne – où la terre et les fleuves ensanglantés déteindront bientôt sur l'Europe tout entière – et à nouveau la France, bâillonnée, défigurée ; la France occupée, où il est pris, où il s'évade, où il se bat, clandestin, les armes photographiques à la main, avant de retrouver Paris et ses îles – Paris libéré mais nauséeux, Paris encore tout barbouillé du bouillon noir que la guerre lui a fait boire ; Paris, où tous les chagrins seront bientôt gris, sous le ciel le plus léger qui soit, puisque c'est à la lumière de l'Île-de-France qu'il est peint.

Il y revient.

Il y est seul, avec déjà quelques milliers d'images derrière lui. Mais est-il vraiment seul celui qui dit et redit sans cesse : « Tu comprends, la photographie, ce n'est rien, il n'y a que la vie qui m'intéresse, la vie, tu comprends ? » et qui remonte aux premières lignes la saisir partout où elle passe. À la vie, la vie toujours recommencée, il dit oui. Il dit j'arrive. Il dit présent. Présent pour l'assister, pour l'admirer. Présent pour s'insurger avec elle. Présent pour dire non aux saccageurs, aux imposteurs ; à ceux qui la ravalent à son cours le plus bas. Présent pour être de l'autre côté de la rue, où le soleil, même s'il y entre, est noir, parce que détresse et mélancolie lui ont fait cet air-là. Air qui fait aussi la chanson : chanson des mal famés, des mal-aimés, au creux ou au coin des rues ; chanson du petit matin, où tous les visages encore cernés de nuit sont seuls ; chanson du gros rouge – qu'on a bu, qu'on boira, entre deux rames, entre deux faims, entre deux rêves suicidés du haut des ponts sous lesquels, sans gîte ni maison, on peut toujours dormir ; chanson à boire, à déboires, à dérives – gauche ou droite –, chansons qui courent de Paris à la Seine, et font passer entre eux ce grand courant ondulatoire sur lequel tous les *piétons de Paris* naviguent à vue.

Il est un de ceux-là, rien de plus. Louvoyeur parmi d'autres, toujours pressé, toujours empressé, joignant le geste *et* la parole d'un seul réflexe : coup d'œil et clin d'œil tout ensemble à ceux qu'il salue, de près ou de loin, selon que la promenade est belle, doux le fond de l'air, et les temps pas trop difficiles.

« Mais c'est scandaleux, tu comprends... » et, avant qu'on ait compris, l'objectif grand ouvert, le verbe aussi haut que les faits sont criants, il donne des noms, des lieux au scandale ; il voit rouge où l'on tue, où l'on abat, des hommes et des arbres ; il salue ceux qu'on pleure à Charonne, qu'on oublie à Belleville, qu'on exploite à Javel ; il est avec les poètes qu'on assassine, qu'on enterre, qu'on ignore, et avec tous ceux qui composent, sans mot dire, au hasard des rues, des places, des fleuves, des berges, les vivants idéogrammes d'une ville qui n'en finit pas d'écrire son nom avec ceux qui viennent non seulement chercher consécration au leur, mais aussi, parfois, l'oublier.

On peut toujours quitter Paris, Paris, lui, ne vous quitte pas.

Pas d'une semelle, où et aussi loin qu'on mette les pieds ailleurs. Paris nous attend toujours quelque part : son agenda est plein de dates, de rendez-vous pris, à prendre. Henri Cartier-Bresson en prend, en laisse, il a les siens. Paris change, Paris fait la fête, la tête – tout comme lui. En bonne âme sœur, elle lui renvoie ses humeurs – moins maussades que vagabondes – ses rumeurs : de potinière, de gargotière, de soufrière ; ses éclats de voix, de verres. Elle le convie aux Tuileries, au Bois, aux Courses, à l'Opéra : tout ce beau monde s'ennuie un peu – lui aussi, mais la mosaïque parisienne serait incomplète sans eux. Est-ce le trahir que d'affirmer qu'il se sent plus proche des cracheurs de feu et des chiens funambules que des mauvais payeurs de mots et des empesés mondains ? Le coup d'œil distant à ceux-ci, le coup de chapeau et le coup de cœur à ceux-là – et ce dernier pique aussi bien Giacometti sous la pluie, Genet au café, que le clochard dormant, pattes dans bras, avec son chien au creux des berges, ou encore cet anonyme rêveur prenant l'air parisien d'une brumeuse arrière-saison à la rambarde d'un quai.

À chacun son Paris, et Paris sera bien gardé. Les paris de l'année se jouent avec ses modes, avec ses courses, ses salons, ses foires, ses jeux avec la vie, avec la mort qu'elle se raconte au seuil des portes, dans les bistrots, sur les chantiers, à l'usine, dans ses cours et dans ses jardins. La plus belle ville du monde ne peut donner que ce qu'elle a, mais tout ce qu'elle donne *est à l'œil*, pour qui sait la voir. La prendre. L'aimer.

Après cela, il dit – pudeur oblige ! – « On va boire un coup ? » Coup de rouge au zinc, sur le pouce, à la sauvette, à la Fauvette, au Tabac, du coin ou de la place, où, entre deux verres, il vous récite son bréviaire d'amis et sa profession de foi : « Moi, tout ce que j'aime aujourd'hui, c'est la peinture… et la photographie n'a jamais été qu'un moyen de l'approcher… une sorte de dessin instantané… » Vérité première et dernière, car on a beau l'avoir à côté de soi, devant soi, c'est toujours vers les paysages humains qu'il se tourne, vers eux que son objectif part, et avec eux encore qu'il trinque et complote ses clandestines et brèves rencontres. À moins qu'immobile un instant, du fond de l'œil ne remonte, comme ces explorateurs des grands espaces polaires qui, s'ils en reviennent, gardent toujours, cristallisés dans la pupille, l'émerveillement et la morsure, quelque visage trop beau ou trop triste qu'il a laissé passer sans l'aborder, ni le fixer – parce que mystère et misère ne sont ni à prendre ni à vendre, mais à respecter, dit-il.

Il dit aussi d'Aubigné, Rimbaud, Nerval qu'il a toujours en poche, et qu'il lit, relit, dans le métro, entre deux stations ; et quand on lui demande : « Et les vivants alors ? », il lève les yeux au ciel – auquel il ne demande certes pas pardon – puis les reporte, en guise de réponse, sur les vivants d'alentour dont il a, si fort qu'il s'en défende, charge d'image.

Cela étant dit, et entendu, il ressort à l'air libre, qui le reprend, et où il disparaît à grands pas d'arpenteur – sur lesquels, parfois, il revient pour vous dire ce qu'il craint d'avoir oublié : « Il ne faut surtout pas parler de moi… ni de la photographie… Moi, tu comprends… La photographie, tu comprends… » Et on dit oui, bien sûr, qu'on comprend.

On dit oui à tout. Et puis on fait comme lui – on disparaît derrière le sujet, et on désobéit.

Paris, 28 septembre 1984

PARIS
À VUE D'ŒIL

4

11

12

13

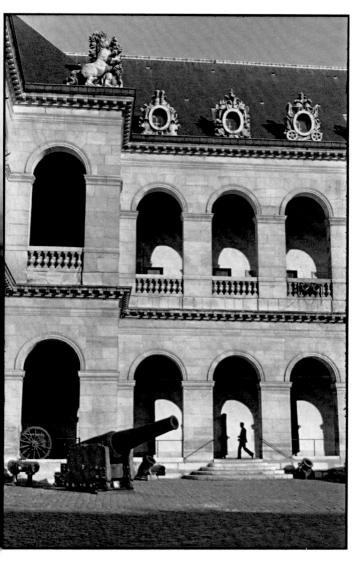

40

44

49

54

61

69

72

81

99

107

114

119

125

126

127

Notre Paris

André Pieyre de Mandiargues

Peu de photographes, à ce qu'il me semble, pourraient se vanter d'avoir parcouru la surface de notre planète autant qu'Henri Cartier-Bresson, dont l'œuvre n'est ainsi qu'une somme d'instantanés décisifs de l'ancien et du nouveau continent. Citant le cardinal de Retz, naguère, il écrivait que : « Il n'y a rien en ce monde qui n'ait un moment décisif. »

C'est en quête de ces moments-là qu'il n'a cessé de courir depuis sa vingt-troisième année, en 1932, date de l'achat de son premier Leica, début véritable de son activité de photographe. Spirituellement au moins, ou profondément, si l'on veut, le lieu de ce début ne saurait être fixé ailleurs qu'à Paris, où il avait appris à voir plus clair par l'exercice de la peinture dans l'atelier d'André Lhote et puis par la découverte du surréalisme et de ce grand supérieur que reste dans sa mémoire comme dans la mienne le très fascinant André Breton, dont l'image, prise en 1960, est sans doute le plus beau de ses portraits.

Ainsi l'exposition qui est ouverte à présent au musée Carnavalet et qui rassemble tout ce qu'Henri Cartier-Bresson a retrouvé de ses photographies anciennes et récentes de Paris, bien connues les unes, jamais vues beaucoup d'autres qui méritaient de ne pas être oubliées, est-elle passionnante. Que la Minerve du XVIIe siècle, que j'ai en face de moi cependant que j'écris et qui pourrait être une figuration du signe de la Vierge au-dessus de la belle façade plus ancienne de Carnavalet, les accueille favorablement sous son rameau d'olivier !

Paris au cours des dix années qui précédèrent la guerre était un monde qui partout et perpétuellement nous éblouissait, tandis qu'Henri allait à la chasse aux images et que plus paresseusement je l'accompagnais, peinant à sortir de mon adolescence alors qu'il s'était déjà bien débarrassé de la sienne…

Du Leica qui jamais ne le quittait, il me semble qu'il se servait un peu à la manière dont les surréalistes cherchaient à se servir de l'écriture automatique, comme d'une fenêtre que l'on a décidé de tenir toujours ouverte aux apports de l'inconscient et de l'imprévu, dans l'attente de la beauté merveilleuse qui peut surgir à tout moment et qui, si l'on manque à la saisir, ne se présentera plus.

Henri, pendant ces randonnées d'un bout à l'autre de Paris, de jour et de nuit, ne cessait pas de saisir. Le Leica est fait pour saisir, à cause de la multitude de prises de vue qu'il permet à l'opérateur sans avoir besoin d'être rechargé. Une fois l'habitude prise, il ne laisse rien s'échapper de tout ce sur quoi l'œil s'est posé. Le carnet de notes de l'écrivain est un pauvre outil en comparaison, carnet plutôt méprisé, d'ailleurs, par les surréalistes de ce temps-là. Et les images parisiennes d'Henri s'inscrivent souvent dans la catégorie du merveilleux fantastique urbain dont nous eûmes la révélation aux pages de *Nadja* et plus tard de *L'Amour fou*. Ce qui me porte à écrire que je crois que les photographies d'Henri Cartier-Bresson sont des actes d'amour, comme les plus beaux livres d'André

Breton, comme les meilleurs films de Chaplin et d'Eisenstein qui eurent tant d'influence sur mon ami de jadis et d'à présent.

À quoi bon évoquer ou décrire ici un infini poulpe de tubes de fonte (chez Citroën), l'arrivée d'un cercueil (qui, quand, comment, pourquoi?), les petites danseuses du bord de Seine, les amoureux de la gare du Nord, les amants du jardin des Plantes, l'enfant masqué qui joue au gangster sur les toits, l'homme du cours Albert-Ier, les Tuileries sous la neige? Si simple est l'étrange que le voyeur ne s'étonne même pas de son plaisir, et Henri Cartier-Bresson préfère détourner mon attention en me parlant de «Chez Boudon», un bar singulier qui se trouvait en haut de la rue Pigalle et où vers six heures du matin les musiciens noirs américains de diverses boîtes de nuit se retrouvaient pour jouer à perte d'ouïe, pour leur propre bonheur, les blues les plus ensorcelants que nous eussions jamais entendus.

Un bar où allaient certains surréalistes, où nous allions au point de l'aube, parfois. Si rien n'y fut saisi par le Leica, la faute n'en peut être qu'à l'éclairage trop bas. Mais le souvenir de sa musique accompagne le défilé des belles images en noir et blanc, comme celles des grands films muets, qui demeurent aussi modernes que Giotto, Piero della Francesca, Paolo Uccello.

12 octobre 1984

Table des photographies

1 Notre-Dame, 1953

2 Pointe du Vert-Galant et pont des Arts, 1953

3 Bateau-mouche, 1966

4 Tour Eiffel, 1952

5 Bateau-mouche, 1966

6 Hippodrome

7 Boulevard Richard-Lenoir, foire à la ferraille, 1952

8 Sans légende, 1955

9 Sans légende, 1952

10 Sans légende, 1958

11 Sans légende, 1953

12 Foire du Trône, 1952

13 Sur les tours de Notre-Dame, 1953

14 Gare du Nord, 1955

15 Sans légende, 1969

16 Michel Gabriel, rue Mouffetard, 1952

17 Arc de triomphe, place de l'Étoile, 1954

18 Place de la Bastille, 1952

19 Les Halles, 1958

20 Les Halles de Baltard, 1959 (maintenant détruites)

21 Les Halles de Baltard rue Saint-Eustache, 1968

22 Les Halles de Baltard, 1952

23 Henri IV au Vert-Galant, 1957

24 Sans légende, 1956

25 Les Halles de Baltard, 1968

26 Quai de Javel, 1932

27 Le Louvre, rue de Rivoli, 1952

28 Les Halles de Baltard, 1952

29 Boulevard de la Chapelle sous le métro aérien, 1951

30 Belleville, 1951

31 Sans légende, 1929

32 Porte d'Aubervilliers, 1932

33 Sans légende, 1932

34 Jardins du Palais-Royal, 1959

35 Les Invalides, 1969

36 Château de Vincennes, 1953

37 La Garde républicaine, 1968

38 Tour Eiffel, 1952

39 Piscine Deligny, 1955

40 Musée du Louvre, 1954

41 Le Grand Palais, 1952

42 La Garde républicaine au bal de l'École militaire de Saint-Cyr à l'Opéra, 1952

43 Quartier latin, mai 68

44 Place de la Bastille, 1958

45 Arc de triomphe, place de l'Étoile, 1954

46 Un académicien à Notre-Dame, 1953

47 Notre-Dame, 1952

48 Boulistes aux Tuileries, 1974

49 14 juillet, Champs-Élysées, 1969

50 Place Saint-Sulpice, 1968

51 Pont du Carrousel et Louvre, 1956

52 Musée d'Art moderne de la Ville de Paris, 1969

53 Sans légende, 1964

54 Le nouveau XIIIe arrondissement et bien d'autres, 1971

55 La Défense, 1971

56 Sans légende, 1959

57 Fontaine des Innocents, 1968

58 Du haut de Notre-Dame, 1955

59 Sans légende, 1955

60 Sans légende, 1952

61 Sans légende, 1938

62 Ménilmontant, 1968

63 Dans le Marais, 1952

64 Saint-Denis, 1952

65 Nanterre, 1968

66 Place de la Concorde, 1956

67 Meeting politique, 1952

68 Place de la République, 1958

69 Cour de la Sorbonne, mai 68

70 Champs-Élysées, mai 68

71 Place de la Bastille, 1958

72 Quartier latin, mai 68

73 Funérailles des victimes de Charonne, 1962

74 Sans légende, 1953

75 Rue Castiglione, colonne Vendôme, 1944

76 Rue Saint-Honoré, 1944

77 Funérailles des victimes de la manifestation de Charonne, 1962

78 Le cardinal Pacelli à Montmartre, 1938

79 Paris, août 44

80 Sans légende, 1955

81 Opéra Garnier, bal de l'École polytechnique, 1968

82 À l'Opéra, 1952

83 Derrière l'église Saint-Sulpice, 1932

84 Défilé du 11-Novembre, 1968

85 Sans légende, 1955

86   Longchamp, prix de l'Arc de triomphe, 1968

87   Bal des Petits-Lits blancs, 1952

88   Cabine pendant les collections Christian Dior, 1951

89   Présentation d'une collection Richard Avedon, Mrs Carmel Snow, directrice d'*Harper's Bazaar* et Mme Marie-Louise Bousquet, 1951

90   Longchamp, prix de l'Arc de triomphe, 1968

91   Grands magasins, 1971

92   Marché aux Puces, 1952

93   Chez Dior, 1957

94   Île de la Cité, 1952

95   Sans légende, 1952

96   Sans légende, 1958

97   Vel'd'Hiv, les Six-Jours, 1957

98   Vel'd'Hiv, 1957

99   Vel'd'Hiv, les Six-Jours (et nuits), 1957

100   Sans légende, 1952

101   Place de la Bastille, bal du 14-Juillet, 1952

102   Bal des Quat'zarts, 1954

103   Sans légende, 1985

104   Alberto Giacometti, 1961

105   Les Tuileries, 1969

106   Sans légende, 1932

107   Jardin des Plantes, 1975

108   Chez Citroën, 1959

109 Louvre et Tuileries vus de l'ancien quai Anatole-France, 1956

110 Funérailles de Paul Éluard, 1952

111 Quai Voltaire, 1955

112 Le Marais, 1952

113 Démolition de la gare Montparnasse, 1969

114 Zone d'Aubervilliers, 1970

115 Sans légende, 1933

116 Du haut des tours de Notre-Dame, 1952

117 Quai des Tuileries avant la voie express, 1955

118 Sacré-Cœur, Montmartre, 1952

119 Square du Vert-Galant, 1953

120 Tombe du journaliste Victor Noir assassiné en 1870 par le prince Pierre Bonaparte, 1962

121 Pont des Arts, 1955

122 Les Tuileries, 1976

123 Mardi gras, 1952

124 La Fête-Dieu à la Madeleine, 1951

125 Jardin des Tuileries, 1951

126 Petits rats, opéra Garnier, 1954

127 Sans légende, 1965

128 Musée d'Art moderne, 1971

129 Sans légende, 1953

130 Montreuil, 1953

131 Cirque Fanni, 1953

J'ai déjà dit ce que je dois à Lothar Schirmer et au remarquable travail de Maurice Coriat. Je tiens aussi à remercier Françoise Reynaud, conservateur au musée Carnavalet et qui fut commissaire de l'exposition « Paris à vue d'œil », ainsi que Daniel Arnaud et Jean-Luc Monterosso, de Paris Audiovisuel ; l'agence Magnum et tout particulièrement Marie-Pierre Giffey, du service des archives, et sa prodigieuse mémoire ; Georges Fèvre et l'équipe de Pictorial Service, qui ont pris la responsabilité de tirer ces images ; Jean Genoud, l'imprimeur de Lausanne, qui a su en restituer les nuances. Je n'oublie pas Jean-Paul Oberthur ni les parents et amis – la liste en est longue – qui m'ont apporté leur attention et leur soutien.

Et sans le Leica, mon compagnon de route, du premier appareil sans télémètre ni objectif interchangeable jusqu'au M6, ces images seraient restées enfouies dans une mémoire infidèle.

H. C.-B.

RÉALISATION : PAO ÉDITIONS DU SEUIL
PHOTOGRAVURE ET IMPRESSION : EBS — EDITORIALE BORTOLOZZI STEIL
DÉPÔT LÉGAL : FÉVRIER 2013. N° 107717 (   )
— Imprimé en Italie —